水琴集

高松富二子歌集

Fujiko Takamatsu

青磁社

＊目次

颪 2005–2009

歌集

水琴集

高松富二子

海に向くパノラマの窓はつはるの日は起重機の間に顕わる

風

2005
|
2009

風にも鳴らず

花もたぬえのころ草のさみどりの風にも鳴らず野原埋めて

保育園に飼われし二匹のカブトムシ闘い終えて二日にて死す

歳を経て携うる物なお多し手に持つかばんの中の乱るる

ダイエットに効くと広まりし天草の産地というにいずこにもなし

〈カトリーナ〉優しき名なる台風に水深二メートルの大国の惨

誰彼の支えありつつ人ひとり生き難きかと思う姉の辺

カスピ海とはイラクに近し純白のヨーグルト手に回す地球儀

大地震の再びあらばと備えたるサバイバルバッグに古りし乾パン

放たれて木苺のある原っぱに日暮るるまでをわれら遊びき

いちまいの真白き紙による手傷紙一重とはかかることかも

晩秋の水のほとりのつゆくさのなおみずみずしいつまでを咲く

みなもとは山懐の六甲か水上に向く水のありたり

ハンドベル

携うる電話それぞれ持つからに家族の友のいずれも知らず

心病む人に宛てんと書き出すに書きあぐねたり空を見ている

事故現場過《よ》ぎる車内に気配してわれに返りて手を合わせおり

文字盤の小さきに子の頼みごと送信されしのみのいちにち

ひとり振るのちにまたふるハンドベル繋がれて聖夜奏でられたり

空白の多きを見れば世になしと届けられたる同窓名簿は

職退きて後を会わざる人の訃にタイピングする横顔浮かぶ

手のひらにカード隠して守りつつジョーカー抜くのはいつもわたくし

生《あ》れしより数年にして教えらる〈人を信じて従《つ》いてはいけない〉

家内に茶殻をまきて掃き寄する母の顕ちくる木枯し吹けば

隊列を入れ替えながら飛ぶ鳥の二百羽余り　竜巻昇る

息継ぎはやさしいですか水底に泳ぐあしかが水面に出る

広島の駅を過ぐるに面輪たつ来てみんさいと言いし亡き人

選択肢いずれ難し病む人の意思不確かにすすめられゆく

花のさかりを

かの岸と現実の間《あい》をさまよえる人に言うべき言葉をもたず

畳紙に〈黄泉の旅路〉と記されぬ絵柄つばきの姉の着物は

いくたびも救急車にて運ばれし病院に逝く　花のさかりを

取次の間にながれくる愛の賛歌聞きつつ言葉整えてゆく

ふりつみて薄紅藉ける径《こみち》行く散りたるものは誰も踏みしだく

声の弾けて

泊まるとて来たる母子の手荷物にクワガタ二匹カブトムシ二匹

ひすがらを育ち行く児の声のして交わす母子の声の弾ける

定まりし下校の時に帰らねば通い路の途に児の影を待つ

ラベンダーの戦ぐかたちに額に触る紫淡き小さきスカーフ

今まさに湖面飛び立つ水鳥の細きあしもと窪めるを描く

二元展

みずからの花の量にて地に触るるまでに重りぬ白きあじさい

蒸し暑き寺の座敷に朗詠をする人らあり汗も拭わず

郷に入れば郷に従《っ》けよと諾いてきたる慣いもいつしか外る

亡き人を偲ぶ円卓　集《よ》る者は自らの老い互みに語る

八十歳を越えて残されし人ながら糧求めんとハンドルを持つ

ひととせにいちどの炎揺らめくや逝きし人らを迎うる炎

堰を境に

ふりそそぐ光あまねし秋の葉を透きて寺庭ここは世の外

堰を境に水のながれの緩むと言うわが少年の瞳かがやく

ひきつけの発作頻繁なりし子が女伴《ひと》いて宴の席に

見返ればいつよりのことかばかりの薔薇の花束胸に抱くは

止めどなくさざなみたつる冬の湖ときおりに射す光走るなり

朝戸出にリュック背負いて廊下行く幼きものの足幅の音

まとうものひるがえし海女現れぬ水族館の円き水槽

いつしかに咲き出《い》でて散る山茶花の散りたる後のことに明るき

事故ありて母を失う児の役の〈聖母マリア〉にまなこ潤むも

風孕み沖合をゆく日の近し係留権を得たるヨットは

サイレンを鳴らす車に伴いて行きしは去年《こぞ》の新年のこと

更地に花が

歌人の筆運ぶ辺のせせらぎにふたひらみひら花の散るなり

またの名を石叩きとうセキレイの木の遊歩道選《よ》りて歩むか

おおかたはさびしき人の打ち続く親指忙し武庫川沿いに

交差して水のふれあう噴水の瞬時に生るる虹かすかなり

ときすがらブランコ揺すり団塊の世代にも入らぬと老いの口洩る

函館へ連絡船にて渡りしは真夜中のこと　少女なりしよ

葬送の流行《はやり》いくつか示されてわが名にて来るダイレクトメール

ひすがらを子らの声なき公園のローラー滑り台に夏陽の射せり

悲しみに打ち伏す人になお降りて降りつづくなり被災地の雨

凄まじき暑さの後の雷の音は地球の崩るるごとし

咲きました更地に花がさきました　蒔きたる種子のコスモス畑

水陸両用船

炎天に夏の衣の僧ひとり身じろぎもせず汗滴らす

はろばろと来るアジアのカブトムシ展示されおり手足傷つき

天守閣へ階上がりつつ過《よ》ぎりたり思春期の子と来しはいつの日

丘の上の分譲の地の吾亦紅　ことし限りに家建つらしも

北野坂を走りて海に入る両用船《ふね》の入らんとするにしばらく止まる

引き返すなら今だと思う時過ぎて車列の間にあとさきのなし

飛び跳ねて空にその身をしねらするボラはさながら小さきドルフィン

唇にピアスはめたる少年のかばんに揺るる守り札ふたつ

光射して織りなす影の移りたり光は水面ぬりかえてゆく

水兵の歩める戦後の港町にチョコを貰いきただ喜びて

婚近き子とその女《ひと》と歩みつつ揺るぎなきもの胸に沁みくる

宴

子育てのころ思われて捨て難し子の引き出しの〈なめ猫カード〉

故郷を離れて職に就きし子の宴に見知らぬ人の多きを

バイリンガルに進められゆく宴にて笑い再び遅れておきる

〈憧れ〉とう銘柄の酒運ばれぬその名にこころ寄する者なし

生い立ちの映さるる中にわれもいる母としありて若かりしかな

国境を越えて結ばれしと聞くうちに眦拭う人のありたり

まなこ鋭き警察官いて物々し中国領事館へと降り立ちし駅

中国領事館ひとたび入れば声調の声高々しわれは異国人

ゆっくりと日本語、英語交えつつ嫁となりたる人と厨に

川の朝は

入り組める東京メトロ地下鉄線乗り換え通路人ひとりなし

盛り上がり地を這い出《い》でて根の太し花の大樹の支えられたる

いつしかに親しみにけり耳鳴りは遠く誰かがわれを呼ぶ声

さばかりのこととて積もれば侮れず引くに力いる庭のオオバコ

自らを守るべくしてナナフシの腐葉土《つち》に馴染めど潜むことなし

遊泳の声消すほどの音響《な》りて水上バイク海を割きつつ

思い残すことあるごとく熊蟬のにぶき動きの後に途絶えつ

間違えて修正液にいくたびも消すに残りぬ鬱という文字

背後より足早に来る人あれば恐ろしきこと過《よ》ぎる通い路

息切らし上がる坂道に挨拶を交わしし人をこの夏は見ず

手花火は中国にないと嫁言えば家族揃いて線香花火

縁側にレモンイエローのかき氷ともに食《は》みたる人なべて亡し

わが手にてなし得ることはかばかりぞ災害募金に電話せしのみ

打ちつけに降る大雨に人呑みてなにごともなし川の朝は

手漕ぎの舟に

吹かれきて落ちし一葉せせらぎの水にまじりて朱冴ゆるなり

水平に翼広げてわれを指し真向いくれば鷺の恐ろし

湖の辺に住まいせし人なりし〈湖蛍〉とう歌集思うも

二羽三羽鴨もどりたる水郷の手漕ぎの舟に揺られて巡る

さかしまに鴨はあたまをさし入れて浅瀬の小石時折うごく

ふいに鳥の飛び去りし後の水の面に余波はありぬしばらくの間は

人も家も歳月経るに傷みありゆがむ扉をそのままにする

墓守る人なき墓碑をよそごとと思いおりしが父母にも及ぶ

うなされてしとどの汗に目覚めたり声はまさしく亡き父のもの

道の辺に火を焚く慣い遥けくて焚火というを子らは知らずも

わが胸に揺れて寝入りし幼子の面差し変わり少女となりゆく

夏のなごり

夏帽子手より放ちておき忘る　風にまろびていずこへ行きし

山峡の木をわがものとして絡まりてひしひしと咲く藤の花房

片田舎のバスにて客はわれ一人牡丹の苑まで行きくるるとぞ

遅咲きの中国産の牡丹《ぼうたん》のその名ドラゴン紫だちて

水の量あれば蛍の出るという運転手《ドライバー》にわかにガイドとなりぬ

いと軽き小さき虫のおこすもの池のあめんぼ波紋広ぐる

射し来たる日に揺らめきて影透きぬビニールプールに浮かす花弁

夏のなごりここにもありてビーチボール見え隠れして波に押さるる

小春町

母の系譜の縁の人を見送りて今は幼名に呼ばるるとなし

降り立ちし駅の近くに見出《い》でたる小春町ここに友のありしや

亡き後の三月を誌上に存えてみずから去ると悟る歌とも

たわむれに蟬の出《い》でたる小さき穴探りてみれば意外に深し

散水の勢いのままに打たれつつ茎ますぐなる庭のねじ花

「どないしてこの白エビを食べはんの」今日は問われぬ浪花言葉に

ひとり暮らしの気楽さ語るグループの席に男は口数少なし

ティカップに放ちしバラの鮮やかさ紅く弾けるもの還りこよ

みなもとはいずこより来し蔦若葉　白壁途切るるところより垂る

西へ西へ人も車も流れ行く　どこへも行かぬわれも旅人

限られし蝶のみが来るこの庭よ　アオスジアゲハはどこにもいない

水

2010
|
2012

水底の石

とある日に来たりし岸辺またも来て水の流れは海へ順う

基地辺野古いずれか知らず定まるかジュゴンの泳ぐ紺碧の海

いつまでを健やかならむ集うとて葉つき大根もろ手に提げて

秋空にバチさばく音響《な》りいたりひたすらにして児らの島唄

招かれてこども演奏会に出《い》で行きぬ馴染みの歌のひとつだになし

声あげて草の芽吹きを喜べる少女よわれに通うものあり

あやとりの形なしゆくプロセスのはたと危うし梯子崩れぬ

夢の中に児を見失い児を探す息切らし探すところに目覚む

この魚のいずこの産と問いたれば海行き来して境あらずと

水底のさざれの石をそのままに浮かぶ芥を川は流せる

見覚えの表札いつしか外されてアガパンサスの紫もなし

声あげて中国よりのパンダ見き　ちちはは伯母も健やかにして

風吹けばそよろとやさし手触るれば痛きあざみの野辺を来たりぬ

薄紅のさくら三輪おとめごのネイルアートに春思わるる

白い大地

関わりし受験も遥か見出《い》でたる東急渋谷インの合格鉛筆

見出《い》でたる自由研究貝収集　市に求めしあさりもひとつ

内装を新たにせんと毀たるる部屋に筋交いこの家支えし

余すなく缶拾いする人のあり収集前の雨の朝を

通い路に売る店ありき露地いちご鳴尾のいちご陽を含みたり

間をおきて響《な》りいずる音の聴くほどに〈六段〉やこの水琴窟は

かの年の騒動にしておちこちに買い求めたるマスク積まるる

コンピューターに無き世の技や円柱を一回りするに止むオルゴール

この地球《ほし》と宙《そら》の往来叶う世に火山噴火はいまだ止まらず

進められ上座に座るわれらなり齢重ねしや法要の席

現れて一夜に消ゆる流氷の何もない海の白い大地よ

レクイエム

いくそたび往来したるを香港と関空むすぶＪＡＬ便失する

大地震の後の花火をレクイエムと知りて観る人年年に減る

みずからの身は自らが守るとて少女の励む護身術教室

いとせめて集めてワクチン普及へとボトルキャップを回収箱へ

親の恩ありがたきかなとメール寄する子は二人子の父となりたり

はやぶさの宇宙《そら》より帰りしカプセルを快挙とぞ言う幼稚園児は

この春の誤算のひとつ求めたるアサガオの種は西洋のもの

ことのほか暑きこの夏こおろぎの弱りはてしかかつがつに鳴く

遠くより見る焼夷弾そのものと老いの拒める花火大会

行き止まりという道ばかりに出会いたり分かれ行く径標はあらず

仕切られてこの領域にまだ咲かぬユリなり秘めたる色は分からず

香港

往来してわれも馴染みぬ香港の高層ビルの間《あい》の子の家

無尽蔵に行き交うネットの騒ぐ世にロッククライマー命をかくる

常夏のアキアカネかと歩を止む陽に染まりしか朱著き翅

外《と》つ国のインコは何と鳴きおらむニイメンハオとわれには聞こゆ

その若き命落とすや銅像《ぞう》となるかの年サーズと闘いし医師

電子機器ソニー日立の置かれある異国の部屋に寛ぎいたり

しばらくを日本のニュース離れたるホテルに聞きぬ　閣僚辞任す

山盛りにシリアルを食《は》む人たちの朝のブッフェに日本人われ

桂林

鮮やけき朱きランタン吊るされてこの国らしき鍾乳洞は

国と国の争いわれらに関わりなし中国の嫁に伴われ行く

人の流れ絶えぬ雑踏中国の街中に尖閣諸島過《よ》ぎりぬ

癒すのはコーヒーが一番というように世界中にあるスターバックス

わが子にてわが知らぬこと増えゆかむトン足好むとその妻の言う

総理大臣また代わるかと問われおり中国人の集う円卓

絶え間なく流るる水の水かりて村人たちの物洗う見ゆ

またの名を旅人の木というあれば木下で撮ろう　さよなら桂林

万博公園

仰ぎ見る高さにあらぬ十月の十月ざくらかすか匂いぬ

花木槿のこり花とて晩秋にひとつ咲きおりむらさき深し

あずまやに憩う人らの老い深し万博に来て万博語る

吹き溜まる葉の突風に立ち上がり空にしばらく煌めきて響《な》る

ひとり来て歩み止めて歌を詠む心底一人というにもあらず

園庭の循環水の大池に水は巡りて鯉は巡らず

蓮の葉の上に止まりて水鳥は舟となせるや揺られつついる

軽き身とおのずから知る蜻蛉か揺るる穂草に揺れて止まる

秋雑歌

紅萩の水際に濡れて紅の濃し明日降る雨に流されゆかむ

木犀の香に誘われて歩を進む香るみなもといずれか知らず

先ずひとり地下深きより救わるるニュースを見つつ声挙ぐるなり

成田闘争いかに問うべきアジアへと航《ゆ》く一番機羽田より発つ

涙して限られし人のデモというアグネスチャンを親しみて見る

つぶやきはつぶやきならず忽ちに数多の人に向くツイッター

仏具屋の多き通りを足早に行けば背後に亡き伯母の声

永らえていよよ哀しみ増しゆくと法要の席に誰か口洩る

羽目外すというにもあらず縁ありてカリスマ美容師と唄うデュエット

花のなき風知草ここに見出《い》でたり花のさかりも見過ごして来し

トーシューズの踊り子の集《よ》る一本や石陰《いわかげ》に咲くしろい彼岸花

東北地震

こぼれ種かぜに吹かれてどこに咲くセシウム沃素ともにあらむか

何よりも喜ばれたり被災せる人に送りし単一電池

一・一七、九・一一、三・一一イチに関わる世界の有事

日本のハワイと誇る甥の住む千葉浦安の液状化現象

子の住める国の涙も誘うなり日本のためのチャリティーコンサート

税関に止まりて長き日本米　放射能チェックか国際宅急便

災害のこんな時こそとう催しの演奏会に落ち着かずいる

この上に何をガンバレと言うのだろう励ます言葉耳に障りぬ

水の辺の水芭蕉の白おちこちに祈り捧ぐるごとく立ちおり

われらが子育て

障子紙家族総じて貼りしこと思い出《い》でたり師走近きに

思うことただわれよりも健やかにあれよと希い子を見送りぬ

さんかくに晒の布を折りたたむオムツ使いしわれらが子育て

新聞を畳める中に隠れけり児玉清のおだしき面

なみだ雨しのび雨とて雨がふる雨降る中を霊柩車発つ

ヨットハーバー

連れ立ちてそぞろ歩きのふさわしきヨットハーバーに一人来ていつ

この此処を発ちしは遥かマーメイド誇り掲げて帆を揚げたりや

帆をたたむ係留ヨット持ち主はその国人かなびく星条旗

帆をはりてかってここより出《い》でしとう熱き話を背《そびら》に聞けり

水際にのこるハウスの砂の家　今宵の波に流されゆかむ

携えてすこしく安らぐ銀の粒〈ういろう〉はわが痛み取らむか

一国の王妃みずから出向きたるユニクロに買うヒートテックを

今し今生まれくるかと報せ待つ二つの国の文化持てる児

連弾に弾くアマリリス父は子に優しき瞳ときおり向けて

七十をすでに超えたる歌い手の声衰えぬラ・ノビアを聴く

ひととせにいくたびを聞く想定外　想定外の惨ありし年

〈まさか〉という坂

一生には〈まさか〉という坂あると言う息切らし行くわが家への坂

風よ吹けなおさらに吹け弦弾くように鳴りたる冬の電線

朝ごとにふたつの眉を整えるいつしか偏る歪なるもの

芽吹きたるものの伸びゆく速さにも重ねていたり歳月の量

気がつけば庭隅にこそ咲き出《い》でてここにいますと言う姫すみれ

紛れなくＤＮＡは受け継がれ声音まさしくその父に似る

来む世にも巡りあおうという会話みやれば媼ばかりの集い

伐採を免れて咲く桜なれワシントンＤＣの日本のさくら

iPad指に触るればページ繰りはつなつの風はつか生るるも

白いばらがまた咲きました　すでにして移りし人の坂の庭先

サッカーに余念なき少年思いおり今日よりふいに夏日となれば

宇宙に金環

馴染みなき隣家の人と挨拶す宙《そら》に金環《りんぐ》の見ゆる朝は

日蝕グラス持ちたる人ら外に出て天体ショーにはひとつとなれる

今は輪を保つ綿毛のたんぽぽの風にゆだねていず辺へゆかむ

われ一人にならば共住みすると言うポニーテールの揺るる少女よ

かたわらにむずかる幼子在りしころを華と言いたる人を思うも

隊列はまさしくV字型にして帰りゆくらむ日暮れて鳥は

少年の魂いずこをさまようや心臓ひとつ運ばれてゆく

葉桜が中にいちりん咲けるあり草木も国も秩序乱るる

クルージング

甦るは船にて渡る淡路島　泳法ひとつ覚えしことも

あらかじめ春嵐知るボラなるか海穏やかに一尾だになし

海原をクルージングするさなかにも電話はかかる電波を受けて

風切りて波切りて行く船上に祝われており歳の節目を

外国の息子夫婦も集いきてことば拙き児もかたわらに

最後かもしれぬと言いてまた集う学び舎ともにしたる人らの

見下ろしのビルの間《あわい》も人、人、人、遅速あらざる都市の歩みは

オリンピック招致叶わぬ大阪のあな広き土地のゴミ焼却炉

海

2013

|

2016

水仙郷

みどりごを抱きしことも遥かなり海に真向う水仙郷に来つ

渚辺に漂いきたる球根のひとつ植えしか傾り埋むる

波にのり波に埋もれてまた跳ねて飛び散る鱗よ数多のボラは

川中の野生のあまた鵜のおりて用のなければこもごもにいる

ひと夏のなごりは木々の上にあり蟬のぬけがら落つることなし

七年を永らえようと杯交わし声弾みたり集う人らは

九十を越えて若きを慕う人人生相談になやみを語る

祝婚の鐘鳴る教会見上ぐれば放つ風船の空を上がりぬ

階段《きざはし》を羽根を纏える踊り子が下りくるごとし白鷺の群

十代のバンド演奏総身をくねらせて歌う　あれが青春

悉く風雨に打たれて地に触るる苑のシオンのむらさき保つ

青島《ちんたお》をふるさととせる中国の友は悲しむ領土のことを

またいつかと言いて行かざりし隣国の万里の長城のランチョンマット

手にとりて思いあぐねて買わざりし記すを戸惑うエンディングノート

若くして百日祈願の荒行に出《い》で行く僧の励ましの会

たまさかの積雪にしてふためきぬ滑らぬように転ばぬように

ちちははと炬燵に入り見てました　力士大鵬と柏戸の技

ふり向けば海

朝まだき屋上にサッカー少年ら練習するか暑さを避けて

フリーズとプリーズを聞き違えハロウィンに逝きし日本の少年

アメリカの州の日本となり果てしか今オスプレイ陸揚げさるる

騒がしきニュース逃れて来たる苑ウスユキ草の白あたたかし

誰が置きしイロハモミジか掌を重ぬるごとき朱のいくひら

バイリンガルにことば覚えて遅しきわれの憂いを他《よそ》にこの児は

ペーパーレスの時代といえど捨て難しスタインベックの〈怒りの葡萄〉

ゆくりなく鍬を入れたる井戸端に銅鐸出でしよ隣の家は

それぞれにボトル置かれて官僚の会議にお茶くみというは遥けし

新年の初の務めは振袖に華やかなりしよ商社というは

山を仰ぎてふりむけば海　神戸とう街に少女のわれなりしかな

巣立ち

百余りの切り絵の鳩の飾らるるホールに待ちおり巣立ち行く少女《こ》を

その父と別れし後もほがらかに健やかにして育ち来し少女よ

巣立つ子を送り出す母まなじりを拭うを見ればわれも涙す

諳んじる〈進駐軍〉を聞きいたりわれらが実体験もすでにし歴史

一箱に一円寄付のチョコを買うカカオの国のこどもらのため

耐え難き仕打ちにこども死に至る朝のニュースに胸つまりたり

百年を越すエドヒガン大枝垂れ自が重みにて地に触るるなり

水遣りの多ければまた花枯れてまこと難し人の交わり

いつまでもわれに手をふり坂下る中学三年生まだあどけなし

ストックホルムの何処の丘に摘まれしやローズの紅茶著き香りの

昨日夕べ春の嵐にたおれたる穂草の束の起《た》つことのなし

母の想いの

この先は着ることのなき留袖の絵柄見入りぬ母の想いの

華やぎの宴のスナップ送り来ぬピースサインをするは若きら

わが母の享年すでに過ぎゆきて梅雨寒の今日薄物はおる

昼深く汗のしたたる苑に来て蟬鳴くのみに誰もいないよ

ひとつ鳴き従《つ》きて三つ四つ鳴き出《い》でて一本の木を蟬の揺るがす

傍らに松の大木立つなればツルハナナスの寄りて絡まる

手術の是非迷いし日ありき　あの時も咲いていました凌霄花

くるぶしに赤いリボンをそよがせてあれが目印マスゲームする

大晦日に

来む年に必ず会うと約したる人の逝きたり大晦日に

諦める暇さえなく逝きしよとその妻の言う　肩を抱きぬ

ともに来し人すでになし万博の苑を巡れば面顕ちきぬ

遠ければ飛沫は見えず寄る波の浅瀬に向かいて勢いを増す

鍵盤にひとたびむかえば眼差しの幼さ失せて響《な》りわたるなり

会果つるころ必ずや流れ来る「鉄腕アトム」わが街にして

華やぎに遠き花なれおしろいは齢重ねし人に詠まるる

あまねくも光及びて遠見ゆるユリカモメらは金の折りづる

居ながらに視野にありたる武庫川も遮られたりマンション工事に

おおかたはメリーウイドーひすがらをスタジオに居て昼餉食《は》みおり

頑なに意思を貫く父と子を厨辺に見て秋深みゆく

国境越えて

咲き盛るプラムの朱に近寄ればなべて造花よテーマパークは

親しみて中国人《ひと》と話せる円卓のうしろに領土のニュース流るる

ありふれしことよと言われ諾いぬ国境越えて二人結ばる

ここだけの話はここに止まらず大気汚染の流るるごとし

複雑にガジュマルの木は絡まりて土中深きはいかに縺れむ

希うこと和を保ちたき〈民族村〉巡りし後に昆明のテロ

再びは見ることなけむビルの間のデイゴの朱にシャッターを押す

帰り来てＰＭ２・５に驚きぬ香港よりも深くかすみて

ウォマンオンリー

年かけて学びし語学いつよりか日々に忘れて口に上らず

意識なく乗りたる車両性分けてウォマンオンリーと今し気付きぬ

五歳児の声にて話す人形に癒さるるとぞ一人暮らしは

息継ぎの小さきブレスも演奏のサウンドと紛うソロのフルート

ボタンひとつに繋がる電話小さきにどこかと問えばベトナムと言う

レーダーに消えたる機影よそごとにあらず子は乗る世界各地へ

追い込まれ行きどころなき夢にして思えば夢によきことのなし

陽に干して陽の匂いする布団などもはらになきや空の霞める

福知山線脱線事故に

はなみずき花のさかりに逝きにしよ脱線事故におさなごの母

おさなごの双子残して逝きたるは悔いいかばかり花の下にも

その母の子は年頃になりたるや　わが傍らの少女のように
ともすればわが青年も危うかりき事故の起きたる後の車両に
おりおりに禍逃れしわが子にて地下鉄サリン同時多発テロ

潔く散るも難しはらきていく日をかけてはらきて散る

咲き誇りかつ美しく散りたしと道のすがらに翁つぶやく

雑草と誰が言いしか庭隅に芽生えて小さき花を咲かすよ

母逝きし後の七年籠らいてうつうつとせる父の晩年

ともこうも言葉にかかわり日月経てとしどしの花見て歩みけり

アルバムに昭和の時代辿りゆく五十回忌の母の集いは

浜芦屋

あ　ボラが跳ねた踊った　朝まだき浜辺行きつつ人ら声漏る

漂いて行きつつ戻り行くクラゲ捉えどころなきものと見ていつ

水ならず芝に憩いているらしも番の鴨か日溜りにいる

よじれつつ時に傾き飛ぶ鳥のあわやに消えし夕焼けの中

ウクレレに弾き語りする二人あり春まだ寒きヨットハーバー

足裏を足湯につけてほのぼのと見知らぬ人の繰言を聞く

このエリア津波起これば逃げよとていたるところに案内の多し

大地震の後に建ちたる住宅にあまたの住めり歳重ねきて

レジを打つ人の言葉のたどたどし中国人か面変わらず

浜つ辺の家軒並みに垣根ありて塩害避くる木々の植えらる

ひとつらの鷗は水先案内人　水上スキーの人の波の上

一艘の船過ぎりたる海面にしばらくをして波のうねりは

いずくへと的ある鴨かふたすじの水の道筋残しつつ行く

顕われて石《いわ》に寝転ぶアザラシを見しは遥かなり旅のフィヨルド

雨の通り道

この地球《ほし》の片隅に途切るるとなし人踏み入らぬ峡の白滝

山峡はしばらく雨の通り道　西の行く手の晴れ渡りけり

さばかりの一人の愉しみ散水のかすかなる虹生るる夕べは

怠りてそのままにせるビニールのプールに蟬の骸浮かべる

寄りつかぬ男子ながらに訪ね来てぽつりと言えり進路のことを

ことば話さぬ猿に技をば時かけて導く苦労を調教師かたる

デング熱に思い出《い》でたり寝入るまで蚊帳の中にて姉と遊びし

土石流薬物水難デング熱なつのおわりは乱りに乱る

ハロウィンパーティ

見知らぬに寄りきて話す幼児はわが故郷の六甲に住む

自らを忘るることも時によし仮装して居るハロウィンパーティ

はつあきを風にそよろと弧を描くアベリアア紅萩ツクバネウツギ

地表より六メートルの辺りより支えきれぬか揺るる大木

もうダメだ駄目と諦め除けたるに鉢の隙より咲けるベゴニア

烏にはカラスの言い分あるだろう去らず鳴き止まず枝に揺れつつ

もういいよもういいかいとてこどもらの遊びやさしき向日葵畑

あの時代《とき》はなどと始まる会話にはユースホステル歌声喫茶

晩年は人それぞれと結ばるるメール見出《い》でぬ今は臥せりて

ふぐ中毒に逝きし家族の唐突に浮かぶ国道四十三号線

時の流れの

立ち上がり芥巻き込む荒波は遠く誰かが海を操る

枝を離れひとひらひとひら散り果てて幹晒すなり花の古木は

故郷を海とせるもの水槽に飼わるる蟹のひしめきあえり

駅ごとに小学唱歌鳴り出《い》でぬ遠き昭和に揺られつついる

二人して父母逝かしめし歳早く大つごもりに話の尽きず

薔薇の園ありにしところ新しきランドマークはニトリ、ユニクロ

さながらにおとぎの国と見て回るシステムキッチン煌めく道具《ツール》

悲しくもこころほのぼの読み聞かす狐の親子の『てぶくろ買いに』

夏の夜の家族の集いもすでに過去　手花火あまたバケツに揺るる

帆をあげて海原を指すヨット見き触るる近さにふたり並びて

存えて宇宙《そら》に行かむか宇宙船サンタ装い弾む映像

あとがき

とうとうと流れる川ではありません。川のそこここに砂州のある日もあります。武庫川は私の自宅から生活圏の中にあり日常的にいつも見慣れた風景となっています。ユリカモメ、鷺、鴨、セキレイ、堰と、自ずから水辺の歌を詠むことが多くなりました。水の流れはおりおりの季節や雨により私の耳には水琴のように感じることもあります。

歌集名は

間をおきて響《な》りいずる音の聴くほどに〈六段〉やこの水琴窟は

の歌から採りました。

思い返せば第一歌集『虹の五線譜』を平成十八年に上梓して十年の歳月が流れました。過ぎ去った十年の間に三人の子供達はそれぞれに家庭を持ち、その後の私の暮らしをとりまく事柄や世の中の出来事を中心として作品となっていることが多いと言えましょう。また無意識のうちにある時は内なる思いを、視野にある風景や見たものに託しながら作品となったものもあるかと思います。

作品は概ね編年体ではありますが編集の都合上、季節を問わないものなどは入れ替えております。

米田律子先生には第一歌集の上梓の後にも何かとお導きいただき感謝申し上げます。

この間にいかほどの歌の進歩があったのかと思うとまことに心許ない限りなのですが京都歌会のメンバー、未来会員、誌友には忌憚ない批評を寄せていただきまして励みになりました。

毎月の歌会のみならず歌に関することで出かけることが多くなった私を見守ってくれました夫にも感謝いたします。

今回も青磁社の永田淳氏にお世話になることになりました。出版に際して何かとご尽力いただきました。深謝申し上げます。

二〇一六年六月

高松富二子

著者略歴

髙松富二子（たかまつ・ふじこ）

1944年　横浜市で生まれ、幼児期以後を神戸で育つ。
1994年　未来入会
2006年　第一歌集『虹の五線譜』出版
現代歌人集会会員・武庫川倶楽部会員
国際ソロプチミスト会員

歌集　水琴集

初版発行日　二〇一六年十月十五日
著　者　髙松富二子
宝塚市御殿山二—六—一五（〒六六五—〇八四一）
定　価　二五〇〇円
発行者　永田　淳
発行所　青磁社
京都市北区上賀茂豊田町四〇—一（〒六〇三—八〇四五）
電話　〇七五—七〇五—二八三八
振替　〇〇九四〇—二—一二四二二四
http://www3.osk.3web.ne.jp/~seijisya/
装　幀　上野かおる
印刷・製本　創栄図書印刷

ISBN978-4-86198-357-3 C0092 ¥2500E